KB091994

풍류(風流)

사방천 제2시집

세상을 따라가며
산전수전 겪어가며 미풍 진 곳 찾아
만고강산 떠돌다 보니 산은 옛 산인데
내 모습은 그때 모습이 아니고
같이 오던 젊은 청춘의 혈기 어디로 가고
곱던 얼굴 세월에 깊은 골만 늘어가며
머리에는 백설이 내리고 남은 것은 한숨과
황혼에 물드는 노을 진 석양만 다가오네
나의 소원은 석양이 지기 전 허리 잘린
조국 통일이 되어 지상 낙원이 소원이라

시인의 말

바람과 물같이 흘러가는 인생

우리네 인생은 물과 바람같이 흘러가는 여정이다
물같이 흘러가는 동안 인고에 아픔을 참고 오다 보니
상처와 아픔이 어우러져 깊이 파인 골마다
깊은 사연 묻어 있고 흐르다 모여 쌓인 응어리
굳어서 바위가 되어 마음속에 담겨 있는 것을
칠십 고개 넘어서 시인으로 대한문인협회 등단하여
마음속 깊이 들은 꼬투리 하나하나 꺼내어
하얀 백지에 담아 만인에게 구경 시키니 가득 찼던
마음이 조금이나마 위안이 되는 듯하다

시인 사방천

1부

2부

3부

4부

QR 코드

스마트폰으로 QR 코드를 스캔하면
시낭송을 감상할 수 있습니다.

제목 : 왔다간다
시낭송 : 최명자

5부

가는 세월 잡을 수 없고
오는 세월 막을 수 없네.

가는 세월은 나를 끌고 가려 하고
오는 세월 나를 잡고 가지 말라 하네

가을 나그네

아름답던 만산홍엽 추풍에 떨어져
곳곳에 구르는 소리 억새꽃도
날아가니 억새도 통곡하니
몰아치는 찬바람에 나그네 옷깃을 여미게
하며 풀벌레 우는 소리 가을은 깊어가네

푸르던 초목 단풍 들어 바람에
떨어지고 벌거벗은 나뭇가지
찬바람에 슬픈 듯 울어대니 홀로 가는
나그네 무거운 발길 멀기만 한데
영 넘어 해가 지니 두견새마저 울어대네

만추에 가을바람은 저리도 빠른데
나그네 발길은 늦어만 가고 땅거미
찾아드는 깊은 산중 슬피 우는 두견새야
산중에 주막집이 얼마나 가야 하는가
외로운 나그네 가는 길 달빛마저 희미하구나.

육이오

오늘이 6 · 25사변의 날이 돌아왔다
생각만 하여도 몸서리치든 그날
한나라 한민족이 육십여 년이 지나도록
허리 잘라 철조망으로 허리 매어 놓고
무엇을 기다리나 내 형제 내 부모 무슨 원한
그리 많아 죽이고 죽고하며 반평생 넘은

그날 때만 되면 꿈속에서도 비명의 소리 들려
잠을 깨어 뒤척이며 잠을 못 이루는 심정
솔밭 속에 중공군과 인민군 공중에서 비행기로
불 총을 쏘아 불 지르니 애타는 비명과 계곡
얼어붙은 얼음 속으로 붉은 핏물이 흐르던
참혹하던 그곳이 눈감으면 아른거린다

오늘 그때를 회상하니 꿈만 같은 그 시절
부모님은 봄에 양평으로 이사를 오시고
할머님과 같이 가을에 오기로 하여 할머님과
있다가 열병으로 돌아가시고 혼자 남아
밤이면 인민군이 우리 집에 와 자고 낮이면
어디로 가는지 보이지 않고

나는 방공호에서 하루를 보내는데 어느 날
내가 들어앉은 방공호에 폭탄이 떨어져
놀라서 얼마 있다 정신 차려 보니 무너진 틈으로
밖이 보여 헤치고 나오니 어두워지는데 인민군이
나를 보고 놀라며 흑 개벽이 된 나를 집으로
안고 와 물을 데워 모욕을 시키고 다음날 아침

불이 타는 솔밭에서 비명의 소리와 어름 속으로
붉은 핏물이 흐르며 마을은 수라장이 되어 그 비참한
속에서 무사히 살아남은 생각을 하면 몸서리치는
그날 인민군과 중공군 죽은 영혼이라도
자기 고향 부모 형제 품으로 돌아가는지 오늘도
그곳 생각이 아련히 떠올라 일필휘지하여 본다

가정과 사회 폭력

나무가 잎이 무성하니
새들이 모여 새소리를 들을 수 있고
화단의 꽃이 만발하니 벌 나비 날아와
벌은 노래하고 나비가 춤을 추니
꽃들도 즐거워 웃음 지며 즐거워하듯

우리도 저 나무와 꽃같이 마음을 열고
만나 이야기도 하고 즐거운 생활을 가져봅시다
사회생활에 시달리다 집에 와 혼자 앉아
내일 할 일을 설계하고 생활이 바쁘다 보니
식구와 같이 대화할 시간의 여유가 없다

우리가 사는데 돈과 명예도 중요하지만
가정과 이웃 간 대화가 중요하다
우리가 서로 대화가 없으면 애정과 사랑과
인정이 메마르고 사회가 불신화되어
순간적 범행도 여기서 발생원이 시작된다

과거급제

찌는 듯 무더운 날 새벽안개 헤쳐 가며
기나긴 철마에 실려 목적지 다다르니
나를 기다리던 관광버스에 몸을 실으니
시인들의 과거장으로 화살같이 달려가
과거장 문지기의 입적 신고하고

문을 열고 과거장 들어가니 시인
묵객 인산인해 이루고 마음 졸여가며
시간만 기다리니 시간에 종이 울리자
입선을 호명하니 모두가 긴장되어 몸이
굳은 듯 부동자세로 호명만 기다리니

호명한 시인님은 긴장된 얼굴이 도화같이
밝아지고 낙방 된 시인님 우거지상 되어
괴나리봇짐 챙기어 무거운 발걸음으로
돌아가고 급제한 시인님 가벼운 발걸음으로
사립문 열고 들어서니 웃음꽃 활짝 피운다

달 위에 구름 가듯

가는 세월 잡을 수 없고
오는 세월 막을 수 없네.

가는 세월은 나를 끌고 가려 하고
오는 세월 나를 잡고 가지 말라 하네

오는 세월 날 보고 웃고 살라 하고
가는 세월 날 보고 말없이 따라오라 하며
달 위에 구름 가듯 살다 가라 하고
바람은 날 보고 흐르는 물같이 흘러가라 하네

이 세상 왔으니 인고의 모든 괴로움과 슬픔을
슬퍼하지 말고 행복과 덕으로 생각하라
이것이 우리에게 주어진 업보라 하네.

둥지 틀었다

세상이 아름답다 하여
괴나리봇짐 등에 메고 청풍을 벗 삼아
이곳저곳 거닐다 삿갓봉 올라서서
좌우를 들러보니 높은 산이 팔 벌린 듯
우 청룡 좌 백호가 품고 있는 터를 잡아

수십 년 공들여
초가삼간 지어놓고 앞뒤 뜰에 초목 심어
꽃피우고 잎도 피니 벌 나비 춤을 추고
물소리 새소리 들리는 나무 그늘에 누워
바라보니 하늘에 뭉게구름 떠가고

초목이 너울대며 자연에 소리
흥에 겨워 콧노래가 절로 나니 바로
여기가 신선이 노니는 태평성대
지상에 낙원이라 지나가는 길손
시 한 수 읊어가며 쉬어간들 어떠하랴

만고 병

거리를 나서면 오가는 삶마다
손바닥만 들여다보고 가니
그 들여다보는 손바닥에 유령이
요술을 부리는 가 봅니다

앞도 안 보고 가다 박치기해도
요술단지만 보고 가니 참으로 희한하다
전동차를 타도 남녀노소가 앉기도 전에
스마트폰을 손에 들어야 직성이 풀리는가보다

많은 사람이 타고 가면서 옆 사람과
대화도 없고 책이나 신문 보는 사람이
흰쌀에 콩 보이듯 하나 둘 있을 정도다
저마다 마음이 잠기어 옆 사람과 대화도 없다

그러니 세상이 냉정해가고 강박감만
더해가니 사회는 만고병이 들어 가고 있다
하루빨리 마음을 열고 대화를 해야
밝고 명랑한 사회가 될 수 있다

만남은 우연이 아니다

우리의 만남은 우연이 아니다
우리의 만남은 천생의 인연이다
이름도 모르고 얼굴도 모르는 사람
대한문인협회를 통하여 만남은
천상에서 맺어준 인연이다

우리의 만남은 하늘에 뜻으로
만나게 되어 서로의 의견을 나누며
대화로써 만나는 문인들이다
서로 협심하여 후손들의 본보기가
되어 따듯한 정으로 남아야 한다

이것이 문인들이 심어 놓은 씨앗이요
거름이니 지성인으로서 고운 글에
열매를 맺을 수 있는 밑거름을 주어
아름다운 결실이 되도록 노력하여
꽃을 피워 열매를 맺어 놓읍시다

무법천지

호랑이 없는 산에 토끼가 왕이다 하는
격으로 꼴뚜기 망둥이가 나대는 무법천지
기업이야 망가지던 말든 나만 잘살면
된다는 어리석은 인간이 없나
감투만 쓰고 보자는 어리석은 일꾼들

누구를 위한 기업이며 누구를 위한 감투인가
국민 없는 감투 혼자 쓰면 무얼 합니까?
국민이 알아줘야 감투가 빛이 나지요
허리 잘린 국토에서 방심하고 권력만
가지고 세도만 불이면 패가망신합니다!

합심하여 통일과 국민이 잘사는 나라를
만들 생각은 아니하고 흑심과 야욕으로
무엇을 바라는 것인지 시원하게 답 좀 해 보소
부패만 왕성하니 서로가 불신하며 믿을 수
없이 부모가 자식을 안 죽이나 금전만능 주의
이 세상이 어디로 가는 것인지 난감한 사회다

민들레

사람이 오가는 길옆에
푸른 방석 깔고 앉아
행인의 발길에 밟혀 가며
아무 약속 없이 누구를 기다려도
저녁 해가 다 지도록 안 오는 것을

찬 이슬 맞아가며 노숙을 하여도
오지 않고 곱던 내 모습 백발이
되어 머리가 빠져 무더운 햇볕에
데어 대머리 되고 허리는 굽어
연변에 누워도 오지 않은 기다림

추풍에 시달리는 일편단심
민들레야 찬 서리 내리는 가로등 아래
변함없이 기다리니 임은 아니 오고
흰 눈이 쌓여도 그곳을 떠나지 않고
봄이 오면 다시 피리라 일편단심 민들레

바람

바람은 세월을 싣고
이곳저곳 구경하며
가고 싶은 곳 마음대로
부딪히고 상처 내며
잘도 흘러간다.

하늘에 뭉게구름
길동무 같이 손에 손 잡고
은하수 다리 건너
이곳저곳 구경하며
나란히 정답게 잘도 가누나

바람에 실은 세월
안주 삼고 푸른 하늘 청주 삼아
흰 구름 걷어내고
시간과 마주 앉자
천천히 쉬엄쉬엄 가세나

산 같은 마음

우리 사는 세상 산 같은
마음으로 살아가면 얼마나
좋은가 서로 믿고 사랑하고
존경하는 이런 마음으로
사는 세상 얼마나 좋을까?

저 자연에 산을 보세요.
산은 초목도 살고
동물과 곤충이 살며
인간도 마다치 않은
이러한 삶이 되어 살면 좋으련만

우리 서로 배신과
불신으로 살지 말고
올바른 정신으로 이해와
사랑하는 마음을 가지고
산 같은 마음으로 살아가세

산국화(山菊花)

가을 산이 좋아 산에 드니
하늬바람에 풍겨오는 국화
향기가 곳곳에 퍼져 가며
나뭇잎 한들한들 손짓하니
산새들 노랫소리가 마음을 사로잡네.

유구한 산천은 어머님 품속같이
포근히 감싸주며 마음에 찌든 때
말끔히 씻어내고 자연의 순리 따라
마음 비우고 세월 흐르는 대로
따라가며 바람같이 살라 하네

산국화 향기에 오가는 바람도
쉬어갈 듯 머뭇거리니 무소유에
국화처럼 아무 대가 없이 있는
대로 나누어 자며 살면 되련만
무얼 그리 복잡하게 살려고 하느냐?

산에 살리라

자연의 산 산이 좋아 산에 살리라
철 따라 변하는 자연에 산에
꽃피고 새 울며 바람 소리의
계곡물 흐르는 소리 들으며
산이 좋아 산에 살리라

어지러운 속세의 모든 인연 저버리고
계절 따라 초목이 변모(變貌)며 바람에
나뭇잎 춤추고 다람쥐 뛰어놀고 새들의
우는 소리 메아리 치는 아름다운
산이 좋아 산에 살리라

겨울이면 산천이 백색으로 변모하며
시원한 바람 자연의 소리와 산이 좋아
산에 살리라 자연을 벗 삼으면 모든 실음
잊고 산바람과 이야기 나누며 산에 살리라
산 따라 바람 따라 물같이 바람같이 살라 하네.

삼 팔 선

남과 북 한나라를 허리 잘라
한민족 한 식구를 갈라놓고
반평생 그리워하던 부모 형제
백발 되어 상봉하네!

만나서 반가우나
눈물도 메말라 아니 흐르고
짧은 시간 상봉하니 반갑고 애달프나
몸이 늙어 기쁨이 변하여
서러움만 가득하네!

아, 수십 년 그리워하던 부모 형제
잠깐 만나 손 한번 잡아 보고
언제 또 만나자는 기약도 없이 헤어지니
상봉 아니 한 만 못하네!

만나지 않았으면
청춘에 못 이룬 정 꿈에서나 그리워하다
차라리 저승 가서 만나 그립던 정
나누는 것이 나으련만
한 많은 가슴에 애석함만 안겨주네

속세의 인연

아름다운 절경 구경하며
세상살이하여보니
갈수록 태산같이 올라가기
힘이 겨워 속세의 인연 멀리하고
모든 욕심 저버리고 마음 비우고

삭발하고 장삼을 걸쳐 입고
산사에 들어 목탁치고
부처 임계 공양 올려 자비하고
자연을 벗 삼아 잠깐 쉬어 가는
풀잎에 이슬 같은 인생살이

자연의 순리 따라가면 되는 것을
시기하고 탐욕하며 살아보아야
배 년 인생인 걸 아등바등하여 보아야
마음이나 상하는걸.
모두가 중생들의 부질없는 세상이다

시화전

초목이 우거지고
미풍이 지나가는 호수의 각자의
마음속에 들은 향기로운 마음 꺼내어
화폭에 곱게 수를 놓아 호수 연변에
걸어 놓으니 미풍도 쉬어갈 듯하니

바라보던 노송이 내 품에 들려
각자의 마음 헤아려 만인에게 전하여
아픈 마음 달래 주라고 하니 바람도
참참한 듯 말없이 지나가니 산책 나온
관중들 모여들어 인산인해 이루네

푸른 호수에 나무 그림자도
화폭에 그린 시인에 마음 아는 듯
바람과 나무 그림자 호수와 무언으로
주고 받은 이야기에 시간도 흘러 석양이
기울어지며 오늘 하루해도 저물어 가네

역경(逆境)의 삶

삶에 길은 역경의 길이다
삶을 참고 가는 길은 맨발로
가시밭길 걸어감과 같은 길
노력과 인내로 참고 견디는 자는
자기에 목적을 달성하고 중도에
포기하는 자는 불행이 올 것이다

작은 것이라도 계획한 것이면
힘이 겹고 작은 것이지만 목표를
달성해야지 과한 욕심으로 행하는
행위는 불행을 가져올 것이니
마음 비우고 목표를 향하여
노력하면 결실을 볼 것이다

우리가 세상 올 적에 빈손으로
왔다, 빈손으로 가는 것이 우리 내
주어진 업보이니 분에 맞는 삶으로
살다 때가 되면 가는 것이니라.
과다한 욕심 부려 억만금을 가져도
이 세상 하직할 때 다 버리고 간다네

요술 바람

높은 가을 하늘 짧은
태양을 품에 안고 요술쟁이
가을바람 푸르던 산천초목
오색으로 물들여
온 세상 그림을 그려 놓으니

갑자기 모진 비바람 불어와
곱던 단풍잎 떨어져 바람에 날고
들국화 꽃향기 곳곳에 풍겨오니
동장군 찾아와 심술 불이네.
동풍(冬風)에 낙엽 구르는 소리

슬피 울던 귀뚜라미 간 곳 없고
짧아진 햇살 창가에 비추며
낙엽 떨어져 구르는 소리에
가을바람 슬프게 울어 대니
하늘도 슬픈 듯 찬 이슬만 내리네.

자연같이 살라 하네.

텅 빈 마음엔 한계가 없다
참신한 성품은 텅 빈 마음에서 발견한다
산은 마음 비우고 산같이 살라 하고
물은 나를 보고 물같이 바람같이 살라 하네

빈손으로 왔다가 빈손으로
가는 인생 욕심 부려 무엇하랴
잠시 잠깐 들러 가는 여정인데
우리가 살면 천년만년 살 줄 알고

단 백 년도 못사는 인생이니
남에게 피해를 주는 말 하지 말고
서로 양보하고 의논하며
마음 편히 살다 가세

착각하지 맙시다.

청아하던 하늘이 먹장구름 싸여가니
유구한 천지가 음산하기 그지없이
냉기만 흐르니 아마도 강풍이 몰아올 것 같다

세상은 음과 양으로 되어 한곳이 볕이 들면
한곳은 그늘이 지는 것이다
질서없이 나대면 용두사미가 되는 법인데

어리석은 꾀 가지고 과욕을 부리면 신상의
해로우니 과욕하지 말고
진정한 삶에 뜻을 펴 출세와 부기를 누립시다.

큰 것을 위해 작은 것을 양보하여야 다 같이
잘사는 세상이 올 것이니
지도자의 뜻을 따라서 더불어 살아 갑시다

이 세상은 나 혼자 사는 것이 아니고 더불어
사는 것이니 착각하지 말고
좋은 뜻을 생각해 지도자의 뜻을 존중하고 따라 갑시다.

더불어 사는 세상이 되어야 먹장구름도 사라지고
자기의 재능 발휘한 대가를 인정 받으면
서로가 알아주는 진정한 삶에 온 세상이 밝아지리라

초록의 물결

청산의 푸른 물결 일렁거리니
풀벌레 소리에 지나가든
바람도 머무를 듯 서성거리고
초목은 쉬어가라 손짓을 하네

풀은 숲 속 잠자던 종달새
계곡물에 목욕하고 활개치니
바위 위에 다람쥐 바라보며
손뼉 치며 재롱부리니

활개치던 종달새 노래 부르고
지나가던 나그네 무릉도원
그늘에 앉아 계곡물에 발 담그고
청산을 바라보며 시 한 수 읊어보네

2부

오곡백과 익어가는 황금벌판
풀벌레 소리 들려오는 내 고향
냇물에 고기 잡고 물놀이하던
지금도 실개천 물 흐르고 있는지
새삼 그리워지네

가을비

울 밑에 가을비 내리니
봉선화 꽃 물방울 물고
맑은 하늘 찬바람에
시들며 몸부림치는 소리
울 밑에 귀뚜라미 슬픈 듯 울고

찬바람 나뭇가지 흔들며
가을 노래 불으니
휘영청 밝은 달밤에
풀벌레 우는 소리 동절이
다가옴을 알리니

계곡물 소리 내여 흐르며
깊은 밤 소쩍새마저
울어 대니 유구한 산천에
찬 이슬 내리며
가을비는 소리 없이 내리다

가을 코스모스

한 송이 꽃을 피우기 위해
귀뚜라미 가을 내내
그렇게 울었나 보다
키 크고 연약한 몸
앙상한 잎에 밤마다

찾아드는 찬 이슬 참다
못하여 활짝 피어나니
이슬은 간 곳 없고
가을바람 살랑살랑 흔들어
태양 볕에 붉은 잠자리

찾아와 청혼하니
바람의 불타듯 빨간 단풍잎
가려놓고 놓고 손뼉 치며 축하노래
부르니 들판에 곡식 알알이 익어가니
참새떼 즐거워하며 가을은 깊어간다

겨울

산천초목 오색으로 물들어
가을바람에 너울거리던
단풍잎 떨어져 바람에
날아가니 아름답던 산천이
삭막해지네.

삭막한 곳곳에 앙상한 초목
겨울바람이 몰아치니
애처로운 듯 바라보던 하늘이
하얀 눈으로 감싸주니
초목이 눈 속에 겨울잠 깊이 들었네.

얼어붙은 계곡 물속 개구리 겨울잠에 드니
고요한 산천 물소리가 자장가 부르며
강풍에 산새도 외로워 덤불 속으로
모여 봄을 기다리고 잠잠한 산천에
소쩍새 우는 소리 겨울은 깊어만 가네

고향 산천

오곡백과 익어가는 황금벌판
풀벌레 소리 들려오는 내 고향
냇물에 고기 잡고 물놀이하던
지금도 실개천 물 흐르고 있는지
새삼 그리워지네

직장 따라 정든 고향 떠나
떠도는 이 몸 풍요로운 가을 명절
늙으신 부모님 사립 문밖 오솔길
바라보며 자식들 오기를 기다리는
부모님 정이든 고향

동구 밖 오솔길 코스모스 바람에
하늘거리는 사이로 고추잠자리
나풀대며 반가워하는 실개천 길
선물 꾸러미 손에 들고 사립문 들어서니
맨발로 나오시며 손자 안고 반가워하니
보름달과 같이 부모님 얼굴 밝아지시네.

공수래공수거

세상에 왔다가 이슬 같이 사라지는
인생 많이 살아야 백년 인생인데
그것 백년 살자고 허둥지둥하여 가며
억만년 살 줄 알고 착각하며 살았소?

이슬 같은 인생길 부귀영화 바라보며
아귀다툼하여 가며 살아봐야 백년 인생
어제 만나 차 한 잔 나누던 친구
자고 나니 영안실로 갔다 하네

동행하던 가족은 통곡하며 울고
왔느냐 말도 없이 누워 있는 야속한 친구
알뜰살뜰 모은 재산 억만년 쓰려고 모아
놓고 허무하게 가는 인생 공수래공수거라

내 고향 바라보는 바닷가

가을 하늘 뭉게구름 타고 영을 넘어
바람 따라 달려가니 피난민들 애환이
담긴 판자촌 실향민들 통곡소리가
파도의 실려 퍼져가니 갈매기도
울고 가니 두고 온 내 고향 부모 형제
언제 만나 그리던 회포 나누어 볼까

반평생 못 만나고 내 고향 바라보는
이 심정 저 갈매기는 알리라
청춘에 헤어져 백발이 되도록 가지
못하는 이 심정 저 바다는 알리라
오늘도 일자서신 썼다가 보내지 못하고
마음에 묻어놓은 서신 갈매기야 전해다오

가고 싶어도 못 가는 이 마음
통일이여 하루빨리 철조망 걷어내고
한 핏줄 한 형제 살아생전 만나 얼싸안고
춤도 추며 수십 년 못 가본 내 고향
어릴 적 놀던 계곡에 모여 소꿉놀이하던
친구 많아 지나간 이야기 하여보기 소원이라

동절의 나뭇가지

앙상하던 나뭇가지
봄바람이 찾아와
따듯한 봄볕에 파릇파릇
새싹 돋아나 푸른 잎에
꽃피우던 시절 다 가고
푸른 나뭇잎 무성한

만산 홍등 물 들린 가을바람
간 곳 없고 동장군 찾아와
모진 비바람의 추풍낙엽
지천에 만계하니
내 품에 노래하던 매미도
떠나가고 외로운

달임 마니 바라보네.
만산의 백설이 분부하니
창가의 비추는 둥근달
임 없이 홀로 누운
외로운 이내 심정

알아주는 듯 비추어주네
동창에 비춘 달아
외로이 누워 임 생각 하는
이 심정 못 오시는
옛 임에게 전하여 주렴

백설의 눈물

포근한 품속에 따듯이
품고 있던 백설공주와
작별할 시간이 되어
보내야만 하는 애석한
마음 아는 백설공주도
떠나기 싫어 망설이고
눈물지며 작별 인사하니

보내기 싫어도 보내야 할
애석한 이별 찢어질 듯 아픈
마음 달래려고 봄바람 타고
달려온 춘심 허전한 마음
아는 듯 따스한 열풍으로 아픈
마음 달래주려고 재롱을 부린다!

떠나가는 백설공주 흘리는 눈물
머금었던 꽃망울 처녀 젖가슴같이
봉긋하고 몽실몽실하더니 춘심이
재롱에 활짝 피어 만발하니
찌푸렸던 태양도 따듯한 햇빛으로
춘심을 감싸 안으니 백설공주
눈물 흘리며 애석하게 떠나가네

삼복의 무릉도원

화염을 몰고 오는 삼복 속에
괴나리봇짐 지고 가는 나그네
이마의 흐르는 땀 계곡물에 씻으며
바라보는 나무그늘에 앉아 구성지게
울어대는 매미 소리는 가는 세월
아쉬운 듯 슬피 울어대고

심산유곡(深山幽谷) 무릉도원
폭포 소리는 계곡물에 발 담그고
자연을 벗 삼아 쉬어간들 어떠하랴
자연은 풍류 따라 떠도는 나그네
심산유곡 바람 같이 살다 가라 하고

서산을 넘어가는 석양은 내일을 약속하고
푸른 하늘 별빛은 숲 사이로 반짝이니
풀 벌레 울음소리 두견새 하는 말이
가는 세월 먼저 가라 하고 자연을
벗을 삼고 살다 간들 어떠하리

세월과 시간

세월은
소리 없이 쉬지 않고 잘도 간다.

시계는
가는 세월 따라가느라
힘이 겨워 소리 지르며

시간은
봄에 씨앗을 뿌리지 아니하면
가을에 추수할 것이 없다 하며

혈기왕성할 때
열심히 노력하여 노후대책 마련하라 하며

허송세월하다
노후 황혼 길에 후회 말고
열심히 살라고 소리치며 하는 말이

행복을
찾으려면 세월과 같이 목적을
향하여 앞만 보고 가라 하네

억새꽃

노을 진 석양에
오색들판 짧어지고 하늘을
나는 억새꽃 바람 날아가니
석양에 반짝이며 작별 인사하니

가을밤의 소리 없이 떨어지는
낙엽 찬바람에 떨어져 누워
이슬 맞으며 쌓여가고 앙상한
나뭇가지 나처럼 외로워지니

외로운 마음 아는 듯 기러기
나르며 억새마저 슬피 우는
고요한 달밤 내 마음 쓸쓸한데
억새꽃 작별하며 두견새 슬피 우네

이런 우정

가을엔 왠지
쓸쓸한 마음이 든다
마음이 따듯한 사람 많아
서로 외로움 나누며
마주 앉아 마음 털어놓고
이야기할 사람이 그립다

조용한 찻집에
차 한 잔 앞에 놓고
그윽한 차 향기 마셔가며
조용히 마주 보며
정담도 나누고

눈빛으로 맑은 미소와
가슴에 묻어 놓은 사정 이야기
부담 없이 털어놓고
나눌 수 있는 이런 친구가
그리워진다.

자연과 더불어 살자

우리는 편하게 살기 위하여
자연의 이치를 거슬러 가고 있다
자연을 파괴하여 썩게 하니
자연이 어찌 분노하지 않으랴

우리가 사는 세상은 음과 양이 있다
편하게 살려고 자연을 파괴하니
하늘이 분노하여 통곡하고 눈물 흘려
상처 입고 썩는데 어찌 안전하랴

땅의 지진과 홍수로 무너지고
파괴되니 맑은 물은 흙탕물로
변하고 지상이 온통 개벽이 되고
모든 생활용품이 품귀 현상으로

요동을 치니 이것이 우리가 자연을
파괴한 대가를 치르는 것이다
우리가 조금 불편하여도 자연과
더불어 살아야 함을 알아야 한다.

적막강산

맑은 하늘 푸른 강산
만물이 소생하는 계절이건만
경제는 동결되어 풀릴 줄 모르네

꽃은 피어 만발하는데
국민의 주머니는 언제 가득 찰까
철새도 때가 되니 계절 따라 떠나는데

우리들의 가난은 언제 떠나가려나
산천은 푸르러 백화 만발한데
서민들의 가슴에선 한숨 소리만
흘러나오네!

진 고개

가을 하늘 푸른 강산 비탈길
바라보며 굽이굽이 돌고 돌아
진 고개 올라서니 동해에
짠 바람이 이마의 흐르는 땀
씻어주고 나뭇잎은 너울너울 춤을 추네

노인봉 올라 소금강 계곡
천연의 암석과 초목에 숲 사이로
밝은 햇살 반짝이고 맑은 물 흘러
구룡폭포 떨어지는 소리가
산천이 메아리치며 석양도 기울어가니

들국화 향기에 만취하여
무릉계곡 들어서니 금강사 염불 소리에
소금강 계고의 땅거미 찾아오며
흐르는 물소리에 나뭇잎 너울대며
금강사에 등불이 내일을 약속하네!

청정지역

적막강산의 먼동이 터
솟아오르는 태양 아래
산허리 안고 감도는
안갯속의 깨어난 초목
하품 소리에 오막살이
굴뚝에 피어오르는 연기는

청정지역의 삶을 알리는 듯
산중에 비추는 햇빛에
하루가 시작되며
산새들 노랫소리 생동감이
넘쳐흐르는 우리의 삶이
미래를 향해 출발하니

정겨운 산중의
청정 지역 고유의 아침
자연을 알리는 물소리가
산천의 메아리치며 자연의
노랫소리에 하늬바람도
너울너울 춤을 추네

초가집

높은 하늘 흰 구름 두둥실 떠가고
녹색 물결 일렁이던 산천
오색으로 물들어 가니
울 밑에 귀뚜라미 울음소리
두견새마저 슬피 울고
가을바람에 떨어진 나뭇잎

몸부림치며 슬피 울어대니
깊은 산중 양지바른 오솔길
연변 초가삼간 오막살이
찬바람이 몰고 온 낙엽
뜰 앞에 쌓여 겨울을 알리니
깊어가는 겨울밤 찬바람의

초가삼간 문풍지 울며
계곡물 흐르는 소리가
가난의 시달리는 이 마음
아는 듯 구성지게 흐르고
두견새 울음소리에
산골 마을 겨울이 깊어만 간다!

통 일

삼천리금수강산
평화로운 낙원 땅에
잔칫상 차려놓으니
늑대 하이나 모여들고 독수리
달려들어 핏빛으로 물들어

허리 잘린 대한민국 하루빨리
통일하여 녹슨 철조망 걷어내고
부모 형제 손잡고 양들의 낙원에
웃음꽃 피워가며 자손만대
평화롭고 행복하게 살아보세

향기 품은 꽃

만물이 성장하는 여름
녹음방초 우거진 계곡 따라
산비탈 오르니 아카시아 꽃
만발하며 고목 가지가지 뻗은 줄기
녹색의 잎에 쏟아지는 햇빛이

하늘 가린 밤나무 꽃향기 바람이 곳곳에
풍겨가는 짙은 향기 속에 여름이
녹색이 무성한 숲 속에 밀려가는 시간
풀벌레 소리 바람이 부여잡고 세월에
묻히어 덧없이 지나가는데

푸른 초원 꽃향기 자랑을 마라
광풍이 불어와 꽃 지고 잎 떨어지면
오던 벌 나비 아니 오고 백설이 날리어
곳곳에 누우면 너 또한 회생하지 못하고
차후 다시 움이 돋아 새싹이 푸르리라

황금빛 추억

황금 물결 출렁이는 들판
가을바람에 나뭇잎 떨어져
쌓인 낙엽 밟는 발걸음 소리
사랑하는 연인의 숨결과 같네.

과수원 나뭇가지 능금
수줍어하는 연인의 얼굴
발개지듯 매어 달인
빨간 능금 향기는
가을 연인들의 사랑에 계절

가을바람 지나가고
검은 땅에 흰 눈 쌓이면
연인과 걸어온 추억의
발자국 바람에 지워지듯
옛 추억도 아련히 멀어져 가네,

저 산 넘어가는 태양 아래
노을이 짙어가는 석양 속에
묻어가는 인생살이
오늘 하루도 저물어 가는구나

가난

봄이 되면 긴긴날 가난에 시달리며
먹을 것이 없어 초근목피로 연명하며
밀 보리 익을 때를 기다리며 나물죽과
소나무 껍질과 칡뿌리로 연명하든 보릿고개

밀 보리 익어 가면 풋보리 베어다
막대기로 털어 가마솥에 말리어
절구에 찌어 보릿겨에 강낭콩 섞은
보리 개떡 꿀맛 같은 가난하던 그 시절

아침에 보리밥 저녁엔 나물죽
먹을 것이 없어 허리띠 졸라매고
물가에 엎드려 물로 배 채우고 걸어가면
뱃속에서 출렁출렁 물소리 나든 그
가난에 시달리든 꿈같은 시절 보릿고개

저의 소원

1950년대 6 · 25전쟁 후 황폐된 나라 이였습니다.
먹을 것이 없어 쌀겨로 죽을 끓여 먹어 보고
봄이면 산에 나물과 소나무 속껍질을 먹고 칡뿌리며
산에 나는 둥굴레와 무릇 뿌리를 솥에 고아 먹으며
연명하여 너무나 가난에 시달려 오다 보릿고개를
새마을 사업으로 공업화 만들어 오늘에 부흥한
나라를 이루어 현세대와 문명은 발달하였으나
방심하면 과거로 돌아갈 것 같으니
앞으로 더 열심히 자기가 가지고 있는 재능으로
노력하여 주시기 바랍니다.

깨어나세

임들이여 우리 모두 깨어나자
세상은 자고 나면 변해가고
시간은 쉬지 않고 달려가니
봄에 푸르던 잎 가을이 되니
낙화 되듯 인생도 한가지라

늦기 전에 내 모든 연륜과
겪어 온 일들 기억나는 대로
흰 백지에 곱게 담아 가슴에 품고
우리를 부르는 창작 문학 세계로
달려가세 달려가

우리 모두 가보세
주옥같은 시어를
꾀꼬리 같은 목소리로
읊어가니 세계로 번져 가니
대한문인협회의
만국에 시인들이
구름같이 모여오네

자고 나면 발전해가는
광명의 나라 대한민국
우리 모두 발맞추어
세계로 뻗어 가세

꽃샘추위

세상을 품고 있던 겨울은
떠나가기 싫어 심술부려 잠자는
초목 잠 깨워놓고 떠나가니
봄바람이 이슬비 촉촉이 내려줘
머리에 이고 오들오들 떨고 있던
진달래 꽃망울 이슬 머금고
연분홍 입술로 눈웃음친다.

바라보던 태양이 따듯이 감싸주니
진달래꽃 분홍색 얼굴로 수줍어
고개 숙이고 바라보던 벌 나비
날아와 노래하고 춤을 추니
이슬 머금었던 꽃망울 활짝
웃으며 나풀나풀 손짓하니
아지랑이 아롱대며 윙크를 하네!

흥에 겨워 살랑살랑 몸짓하는
봄바람과 진달래꽃 웃는 소리에
고요하던 산속에 생명력 살아나는
소리에 얼었던 계곡물 흐르며
산새들 노랫소리 고요하던
산천 메아리친다!

노을 진 산 넘어

저 산 넘어가는 태양 아래
노을이 짙어가는 석양 속에
묻어가는 인생살이
오늘 하루해도 저물어가네

하루하루 고행하는 인생살이.
무엇을 찾아 헤매 도는가?
저물어 가는 석양을 안고 돌고 도는
인생살이 타고난 업보라 끊을 수 없네.

고행으로 수행하며 가도 가도
터득하지 못하고 덧없는 세월 속에
부질없이 가는 인생길을
그 누가 만들어 노안인지 이왕에
만들라면 불로장생 낙원이나 만들지

세상 올 적에 너나없이 두 주먹
움켜쥐고 큰소리치며 왔건만
세상살이 살아보니 노을 진 석양에
근심 보따리 안고 헤매다 가야 하는
우리네 인생길은 타고난 고행이라

동방이 밝아온다

단군의 자손 백의민족 외침에
시달이며 대대손손 이어 오는
동방예의지국 대한민국 만국이
우러러보는 새마을교육으로 급속히
발전하는 우리 많이 가진 재능
세계에서 우리를 부른다

나가세 세계로 나가세 꿈속에
잠자던 동방의 나라 대한민국 우리
모두에 가진 재능 세계에서 우리를
부르니 모두 만국으로 나가
미개척지 우리 기술로 개발하세

백의민족 동방의 나라 대한민국을
만국이 오라 하니 오천 년 갈고닦은
예절과 기술을 세계에서 우러러본다!
우리만이 할 수 있는 예절과
재능으로 만국에 미개척지 발전
우리의 힘으로 개발하여 살기
좋은 지상낙원 이루어가세

동심의 화롯불

서늘한 가을바람
산천계곡 초목 색동옷 갈아입고
만추가 가기 전에 단풍놀이 오라고
추풍에 가을 소식 전해 오네.

청아한 하늘에 새털구름 수를 놓고
산새들 노래하며 단풍잎 춤을 추니
귀뚜라미 연주소리 가는 세월도
쉬어가려고 머뭇거리니 시간이
세월의 등을 밀며 재촉을 하니

너울대던 오색단풍 재촉하는 시간을
원망하며 추풍에 날아가니 벌거숭이
나뭇가지 서러워 통곡하고
가는 세월도 흐르는 물과 같이
바람 따라 흘러가며

황금 들판에 오곡이 무르익고
단풍잎 거센 바람에 떨어져 굴러가니
하늘이 백설로 앙상한 초목 감싸주니
새삼 꿈같은 옛 추억 동심의 시절
겨울에 따듯한 방안 화롯가 모여 앉아
고구마 구워 놓고 옛이야기 하던 동심에
추억 속에 검던 머리 백발만 무성하네

문인의 애창곡

높고 푸른 하늘 뭉게구름 떠가고
푸른 초목 오색으로 물들어
낙하 된 낙엽 곳곳에 통곡하며
구르는 소리가 바람을 타고
퍼져가니 새들도 슬픈 듯 울어대고

세월 속에 흘러가는 고난과
슬픔을 눈으로 보고 삼킨
주옥같은 시어를 문인들이
화폭에 토해 놓으니 낭송인들이
꾀꼬리 같은 목소리로 읊어가는 소리에
지나가던 바람도 쉬어 갈 듯 머뭇거리며

가는 세월도 안타까운 듯 고개 숙이며
지나가고 시인들의 시어가 바람에 실리어
만국에 전해지니 하늘도 읊어 가는
낭송 소리에 나르는 나뭇잎 조용히
잠재우고 온 세상을 백설로 장식 하네

봄이 오네.

초가지붕에 잠자던 백설공주
봄바람이 흔들어 깨어보니
춘심이 찾아와 따듯이 내리쬐는
봄볕에 백설공주 흘린 눈물로
은 지팡이 만들어 처마 끝에
달아 놓고 쓸쓸히 떠나가려 하네.

춘심이 찾아와 백설공주
흘린 눈물로 얼어붙은 땅 녹여
산과 들에 따듯한 열 비추어주며
즐거운 듯 깔깔대며 웃는 소리
노란 개나리꽃 옹기종기 모여
앉아 즐거운 듯 조잘거리고

앞 뒷산 잠자던 초목 파릇파릇
솟아나고 진달래 꽃망울 빨갛게
돋아나니 아지랑이 가물가물
산비둘기 구 구대며 짝 찾는
메아리 소리의 산과 들에 종달새
지저귀며 백설공주 눈물 흘리며
흔적 없이 떠나고 봄철이 다시 오네

봄이 오는 소리

먹장구름 몰아오며 흰 꽃잎
날리던 겨울 저- 높은 산
청솔 밭 넘어 누가 살기에
봄 향기 바람에 실려 보내나

겨울잠에 취하여 흰 이불 덮고
잠자던 초목 잠 깨여 하품 소리에
봄바람이 덮고 있던 이불 걷어내니
보고 있던 태양도 따듯한 빛 비추니
백설은 서러워 눈물 흘린다!

겨우내 잠자던 초목 웃음소리
얼음 속 계곡물 장단 맞추니
연변의 버들강아지 방실방실 웃는
소리의 옆에 있던 진달래 빨개진 얼굴
바라보던 벌 나비 날아와 놀려 대니
해님과 봄바람은 앙상한 초목마다
꽃피우고 푸른 옷을 입혀 주시네.

산천 계곡

산 높고 골 깊은 청솔 우거진 산속
하늬바람 불어 솔 향기 풍기며
산새들 지저귀고 계곡물 흐르는
소리 들리는 정겹고 아름다운 산천
깊은 계곡 청솔 사이로

비치는 햇살 바람에 아물거리며
뻐꾹새 우는 소리
가는 세월 쉬어가라 하는데
인생은 쉬어가도 늙기만 하고
초목은 너울대며 인고의 뜻이라 하며

석양의 노을 붉게 물들이며 재를 넘고
앞산 가리어 땅거미 찾아드니
산사의 염불 소리 찹찹한 이 마음
설레게 하며 속세의 맺은 인연
다 버리고 마음 비워 자연을 벗 삼아
바람과 물같이 살다 가라 하네.

시인문학

가자 가 어서 가자
우리를 부르는 대한문인협회 문인들이
모여서 자기 재능 발휘하는
대한문인협회로 우리 모두 달려가세

가세가 어서 가세
우리를 부르는 대한문인협회로
시인들이 모여서 낭송을 하면은
우렁찬 박수 소리 세계로 퍼져가네

달려가자 달려가 시화전 하는
대한문인협회로 화폭에 담은 글씨
만인에게 공개하니 만인들이 모여들어
우레 같은 손뼉 치니 화폭에 담은 글이
세계로 퍼져가 인산인해 이루며

문인들이 모여 이루어낸 특선시인선
출판하기 바쁘게 도서관마다 독자들이
구름같이 모여들어 시인들 이름 석 자
방방곡곡 알려지니 이보다 더 기쁜 일
어디에 또 있으랴

아름다운 사계절

봄이 오면 만물이 소생하고
꽃 피고 새 우는 아름다운
삼천리금수강산 봄바람 불어오니
백화가 만발하고 벌 나비 춤을 추며
아지랑이 아롱대며 봄소식을 전하네!

여름이면 따듯한 햇볕이
산천을 녹색으로 물들이며
초목의 열매 맺어 무럭무럭 자라고
풀벌레 소리에 열매는 익어가고
나무그늘 매미는 가을을 재촉하며.

결실의 계절 가을바람은
오곡백과 익어가는 소리의
푸르던 초목 오색으로 물들이며
여름내 땀 흘려 심어 놓은 곡식 알알이
익어가니 농부들은 그늘에 앉아 들판
바라보며 흥겨워하니 가을은 깊어가고

엄동설한 찬바람이 오색으로 물들인
낙엽 지천에 만개하니 바라보던 태양
어둡던 지천과 앙상한 초목 안쓰러워
하얀 백설로 감싸주니 사계절 아름다운
지상낙원 대한민국 이리하여
백의민족이라 하였나 보다

오색 잎 재래시장

맑은 하늘에 산비탈의 오색으로 물든
단풍잎 너울너울 춤을 추니 허수아비
황금 물결 넘실대는 들판 바라보며
농민들에 추수를 기다리는 들판을
지나 재래시장 들어서니 인정이
넘쳐흐르는 골목길 어귀 농민들이

농사지어 가져와 좌판에 널어놓고
팔고 사는 구수한 삶에 정이 발길을
잡아 포장마차 딱딱한 의자에
걸터앉아 메밀전 썰어놓고 텁텁한
탁주 잔 주거니 받거니 오랜만에
친구 만나 정담 오고 가는 재래시장

하늬바람에 너울거리는 단풍 사이로
노을 진 석양 서산을 넘으려 하고
장사꾼 파장 골목마다 떠들썩 엿장수
품바 타령에 가는 세월 아쉬운 듯
석양을 바라보며 새끼줄에 생선
꾸러미 메어 들고 사립문 들어서니
식구들이 기다리네

인간의 본심

흑룡이 날뛰고 검은 먹구렁이 과욕한
욕심으로 휘젓고 간 물이 썩어 냄새가
진동하던 지천을 간밤의 백설이 내리어
덮어버리고 갑오년 푸른 말이 하늘을
나니 암흑의 세상이 환히 밝아온다

어두운 굴속에서 허덕이는 국민이
빨리 깨어 서로 합심하여 악령을
몰아내고 밝은 마음으로 눈 덮인 천지같이
광명의 빛 찾아 서로의 불신감 털어 버리고
협심하여 도와가며 웃는 얼굴로 살아가세

청아한 신천지의 마음으로 서로가 믿은 세상
만들어 서로 만나면 반가워하고 만났다
헤어지면 섭섭하여 아쉬워하던 우리 인간의
본심과 진실한 마음으로 세상을 만들어
자기 재능 발휘하여 지상낙원 이루어가세

인연

우리네 인연이란 참으로 천차만별이다
어떤 인연은 아기자기하게 사는 인연
어떠한 인연은 아귀다툼하여 가며 사는 인연

이왕에 만난 인연 조금씩 양보하고 이해하며
살아가도 되련 많은 서로가 이기주의로
양보 없이 각자의 주장을 하다 보니
갈수록 벽이 높아지고 골만 깊어가네

우리는 각기 모르는 생소한 곳에서
글로 맺은 인연이라도 영상으로
주고받은 인연 참으로 소중하고
아름다운 인연이 아닌가

우리의 인연같이 갈수록 다정다감하여
먼 훗날 후손들에게 본보기가 되는
인연이 되도록 노력하며
좋은 인연 되어 봅시다!

자연의 현상

오색으로 물든 낙엽 추풍에
떨어져 구르는 낙엽 깔고 누워
깊은 잠 자던 백설 때가 되니
떠나가고 봄바람 타고 달려온 춘심
온화한 빛으로 만물을 회생 시키니

백설도 또한 떠나갈 것을
네가 와서 너는 좋아하지만
네가 좋아서가 아니다
넓은 세상 예뻐서가 또한
아니고 다만 너의 의무이기 때문에

네가 즐거워서도 아니다
이 세상 모든 만물도 또한 그러하다
이 세상은 모든 만물이 잠깐 들려
쉬어가는 정거장이지 만년 소유물도 아니다

저녁노을

노을 진 하늘 아래 산허리 걸터앉은
태양도 이마에 흐른 땀 씻으며
지루한 하루를 쉬어가려고 산 아래
바라보며 쉬어 갈 곳 찾아보는데

시간은 태양의 뒤를 밀고 바쁜 듯 재촉
하니 땅거미 찾아드니 달님이 웃으며
숲 속을 밝혀주니 풀벌레 울음소리에
풀잎도 슬픈 듯이 이슬방울 맺혀 오고

밤하늘에 별빛이 깜박깜박 조는 사이
잠자던 먼동이 바스스 잠 깨여 하품하며
기지개 켜니 새벽 달 넘어가며 풀벌레
울음 멈추고 어제는 추억으로 사라지고
밝아오는 태양 아래 새로운 미래의
인생살이 또다시 설계를 시작하네

지혜와 노력

수십 년 갈고닦으며 비바람 속에
가시덤불 헤쳐 가며 자갈밭 위로
걸어오다 경치 좋고 아름다운
터를 잡아 공들려 가꾼 씨앗
꽃 피고 잎도 핀다!

춘풍에 꽃피고 숲 속 꾀꼬리 노래하고
산천계곡 흐르는 물소리가 메아리치니
길 가던 나그네 자연의 소리 취하여
청풍에 흔들리는 나뭇잎 바라보며
시 한 수 읊으며 해지는 줄 모르고

방랑길 수십 년 떠돌다 옥수가 흐르고
아름다운 산천의 꽃이 웃으며 인생 여정
가는 길 잠시나마 모든 짐 다 내려놓고
마음 비우고 풍류와 행복을 누리다
자연과 더불어 쉬엄쉬엄 가라 하네!

철새들 낙원

초목마저 잠이 들러 고요한
강변 찬 서리마저 잠든 새벽
앙상한 나뭇가지에 새들 모여
인사를 하니 고요히 흐르는 강
물안개 속에 먼동이 트네.

산 넘어 잠이 깬 태양이 솟아
밝아오며 삶에 하루가 시작되니
생명의 보금자리 고요하고
아름다운 수평선에 철새들 모여
소리치니 해님도 반가워 눈웃음치네

강둑에 잠자던 찬 서리
잠 깨여 혼비백산 사라지니
고요하던 아침 한강의 안갯속
아름다운 철새들에 보금자리
여기가 바로 자연을 벗 삼아 떠도는
나그네 쉬어갈 금상첨화의 낙원일세.

청초 오월

백화 시들어 꽃비가 내리고
풀은 초목 너울대는 사이로
불어오는 하늬바람의 나뭇잎
사이로 반짝이는 햇빛 아래
가정의 달 오월 하늘도 푸르고
산천도 푸르듯 모든 가정의
행운과 행복이 찾아드네.

힘을 모으세 힘을 모아
다 같이 합심하여 부패하여
썩은 악의 무리 몰아내고
선한 마음으로 양보와
합심으로 경제 발전 이루어
푸른 초목 피어나듯 세계의
인정받은 선진 국민 되어가세

오월 시인님들 가슴에 품은
추억에 사연 필적으로 그려
서로서로 합심하고 단결하여
시인님들 창작문학 발전시켜
유명문인 되어보세

추풍낙엽

푸른 청춘에 열심히 공을 들여
가꾸고 다듬어 성장하여 희희낙락
즐거워하며 꽃 피우고 열매 맺어
오가는 사물이 바라보는 나에게

어느덧 추풍이 다가와
색동옷 입혀 주어 즐거워하는데
모진 비바람이 찾아와 몰아쳐 곱던
낡은 옷은 바람에 떨어져
애통하여 통고하며 몸부림쳐도

가는 세월은 본 체도 아니하고
인정사정없이 지나가는 야속한 세월
산 넘어 몰아오는 삭풍은 검은 땅 위에
백설로 장식하며 앙상한 나를 보고
춘삼월 다시 오니 참고 기다리라 하네

홍 잎 낙하

봄바람에 유혹으로 몸단장 곱게 하고
세상구경 나와 보니 풍경이 아름다워
푸른 날개 달아놓고 있는 힘 다해가며
성장하다 무정세월 가는 줄 왜 몰랐나?

내 젊음에 청춘 시절 어느덧 지나가고
푸르던 잎 퇴색하여 단풍으로 물들이니
남녀노소 등산객들 반기며 찾아드는데
거센 비바람에 떨어져 땅에 구르는 낙엽
소리쳐도 등산객들은 모른 척 밟고 가네

지상에 모든 사물은 영생불멸이 없다
저 곱던 단풍잎과 같이 모진 풍파에 시달려
부서지고 깨어져서 사라져 가는 것이 자연의
이치니 애석해하지 말고 순리대로 살다 갑시다

황금빛 능금 아래

황금 물결 출렁이는
들판 석양빛 물들으니
가을바람에 나뭇잎 떨어져
쌓인 낙엽 밟는 발걸음 소리
사랑하는 연인의 숨결과 같네.

과수원 나뭇가지 능금
수줍어하는 연인의 얼굴
발개지듯 매어 달인
빨간 능금 향기는
가을 연인들의 사랑에 계절

가을바람 지나가고
검은 땅에 흰 눈 쌓이면
연인과 걸어온 추억의 발자국
바람에 지워지듯
옛 추억도 아련히 멀어져 가네,

4부

청산에 봄바람이 떠나간다고
통곡하며 날 데려가라고 몸부림치고
애걸하니 푸른 잎 너울대는 나뭇가지
잘 가라 손 흔들어 작별하니
가는 봄도 서러운 듯 한숨 쉬며 작별하니

거목 잠들었네.

가시방석 높은 자리 마음 졸이며
통일을 위하여 김정일과 마주 앉아
남북회담 뜻 못 이루고 퇴임(退任)하여
일지(日誌) 가지고 밤낮으로 고민하다
심신이 괴로워 새벽 등산길 나서니
봉화산 불빛이 산책로 밝혀주네

산책길 옆 마애불(磨崖佛) 앞을
지나가니 마애불은 바라보며 안쓰러워
한숨 쉬니 부엉이 울음 소리 정신없이
달려가니 바라보던 사자 바위 가지
말라고 소리쳐도 못 들은 척 달려가

부엉바위에서 낙하(落下)하니
봉홧불도 꺼져가며 뱀 산이 머리
드니 개구리 울음소리 잠잠해지고
거목은 부엉바위 부름에 이 세상 하직하고
보도 듯도 못하는 바위 속에 잠들었네.

꽃비 온다.

청산에 봄바람이 떠나간다고
통곡하며 날 데려가라고 몸부림치고
애걸하니 푸른 잎 너울대는 나뭇가지
잘 가라 손 흔들어 작별하니
가는 봄도 서러운 듯 한숨 쉬며 작별하니

여름이 다가와 봄이 간다고 서러워 마라
봄이 가면은 녹음방초 우거지며 어린 열매
맺어 목에 걸면 종달새 지저귀고 뻐꾹새 우는
계절 녹음방초 우거지고 계곡물 흐르는 덤불 속
새들의 보금자리 새 생명 탄생하여 지저귀고

찔레꽃 피어 벌 나비 모여드는
계곡물에 송사리떼 모여 노는 하늬바람 부는
한가로운 여름 풀 냄새 꽃향기가 풍겨오니
나물 뜯어 반찬하여 된장찌개 밥 비벼 먹는
여름 만물이 성장하니 풀벌레도 즐거워 노래 부르네!

꿀떡 고개

청산의 불어오는 바람은
풀 향기 싣고 세월 따라가는
바람을 타고 쫓아오며 무더운 여름은
덩실덩실 춤추며 다가오니
무성한 풀 냄새 산과 들에 풍기고

배고파 허리띠 졸라맨 서민들의
애환을 달래주려고 녹색 들판에
황금색 밀 보리가 익어가니 서민들
찡그린 얼굴 웃음꽃 피우라고
넘실넘실 춤을 추는 밀 보리 바라보며
입에서 침 넘어가는 소리가 꿀떡 고개다

두견새 울음 소리 하루가 시작하니
새벽하늘 달님은 빙그레 웃으며
푸른 들판에 별 반짝이며 먼동이 트니
만물도 잠에서 깨어나고 굶주리는 서민들
배불리 먹으라고 밀 보리 익어가네

댕기 머리 목동

갈산 공원 안고 도는 청정지역
한강 변에 늘어진 능수버들
바람에 덩실덩실 춤을 추고
찔레꽃 아카시아 꽃 만발한
언덕배기 버들피리 부는
댕기 머리 목동의 마음 심란한데

푸른 숲 속 종달새 지저귀고
바라보던 뻐꾹새 소리에
떨어진 꽃잎 강물에 흘러가고
바람에 실려 오는 꽃향기가
심란한 가슴을 파고드니 목동의
한숨 소리에 아지랑이 아롱거리고

푸른 물결 넘실넘실 춤을 추니
종달새 지저귀는 가을 숲 속
풀벌레 매미 소리의 울 밑에
봉선화 여인들의 손톱 물들이며
푸르던 초목 오색 단풍 떨어지는
낙엽같이 청춘도 늙어만 가더라

등나무

넓고 푸른 벌판 바람에 너울대는
나뭇잎 가는 세월 쉬어가라고
너울너울 손짓하니 등나무 푸른 가지
보랏빛 꽃잎 쉬어갈 임 기다려도
바람 따라가는 세월 쉬어 갈 줄 모르고

반겨줄 임은 아니 오시고 등나무 그늘
지나가는 바람에 실려 오는 꽃향기 마음을
파고들어 비몽사몽 간 정신을 가다듬어
살펴보니 꽃을 찾은 벌 나비춤을 추고
꾀꼬리노랫소리 세월 따라가는 인생 여정

등나무 그늘에 들려오는 꾀꼬리 소리가
메아리치니 등나무 하는 말이 인생도 세월
따라가야 하니 덧없는 세월 한을 말고 열심히
노력하고 세상구경 다해가며 과한 욕심 버리고
흘러가는 물과 바람같이 살다 가라 하네

그리운 어머님

그때 그 시절 너무나
박복하고 힘겨웠던 고난의 시절
육 남매 먹이려고 무거운 사기그릇
광주리 담아 머리에 이고 산천을
누비고 집집이 다니시며 팔아도
돈이 없어 곡식과 박 구워 등에 지고
머리에 이고 산비탈 오솔길 걸어

다니시던 어머님
우리 육 남매 키우시느라
피땀으로 얼룩지며 호강 한 번
못하시고 손발이 닳도록 밤이면
등잔불 앞에 떨어진 옷 기우시며
밤을 뜬눈으로 지새우시던 그리운
어머님 자식들 금이 환영 바라시다

이 세상 떠나가신지 수년이 되어도
소식이 없어 오늘도 배달부 지나가면
혹시나 편지 올까 기다려도 서신마저
끊어진 그리운 어머님께 무언으로
불초 소생 일자서신 올리오니 어머님
이승에서 못 이루신 소원 저승에서나마
꼭 이루십시오. 그리운 어머님이시어
불초 소생 두 손 모아 비옵나이다.

봄 소풍

흐린 날씨도 마다하지 않고 마음 설레는
소풍날 부자연한 몸 이끌고 밝은 표정으로
관광차에 올라 창밖을 내다보며 즐거워하는
밝은 표정 참으로 아름다워라

거동은 불편해도 창밖에 너울대는 초목
바라보며 웃고 즐기는 동안 어느덧 목적지
당도하여 도우미들의 안내로 북악산기슭에 있는
청와대 정원을 돌아보고 점심을 먹고

경복궁으로 이동하여 역사를 탐방하니
힘은 들어도 즐거운 마음으로 곳곳을 보는
동안 시간이 허락지 않아 서운한 마음으로 내일을
약속하며 작별하니 땅거미도 찾아드네!

배 넘어간 고개

맑은 하늘 찬바람이 부는 오후
추어탕 집에 가 따끈한 추어탕으로
몸을 녹이고 용천리 가파른 비탈길 올라
배 넘어간 고개 정상의 올라서 참나무
숲 속에서 불어오는 삭풍에 맑은 공기가
몸 안에 노폐물 깨끗이 씻어낸다

빽빽이 들어선 나무숲을 지나
어비계곡 골짝 내려서니
산새들 지저귀며 산골짝 물소리가
가는 세월 따라가는 게 생명이라 하며
이왕에 왔으니 산전수전 구경하고
쉬엄쉬엄 놀다가 천천히 가라 하네.

어비계곡 넝쿨들은 나를 보고
홀로 쓸쓸히 가지 말고 우리와 같이
얼기설기 뒹굴며 더불어 살라 하고
계곡의 바위는 물같이 흘러가라 하고
어비계곡을 지나 농다치고개
다다르니 포장마차 속에서 구수한 냄새가

가는 발길 머물게 하여 포장마차 들려
따스한 차 한 잔의 따스한 난롯불에
몸을 녹이고 서산을 바라보니 석양이
서산에 걸터앉아 빨리 가자고 재촉하고
땅거미는 뒤따라오니 오늘 하루도 저물어 간다.

새마을 사업

오천 년 역사를 이어오며 외국 침략에
6 · 2 5전쟁과 가진 고난 다 겪어가며
생무지 일구어 던져놓은 씨앗
이제야 뿌리내려 새싹 돋아
꽃피우고 열매 맺어 서광이 비치네

그 어려웠던 농업국가 초근목피로
연명하다 구세주 오시어 새마을 사업으로
공업화 이루고 보릿고개 땔나무 지게
없어지고 의식주 해결하여 세계가
우러러보는 살기 좋은 대한민국
이제야 서광이 비치네

칠팔십 대 험난한 세상살이 고생도 많았지만
살기 좋은 나라 만들려 노인들 놀이터
경로당이며 없는 사람 수급자 밥 먹이고
생활비 대주는 살기 좋은 대한민국 세계가 우러러보네

아무리 잘사는 나라도
없는 사람 생활비 대주는 나라는 없을 것이다
그러나 걱정되는 것이 노령화 사회가 되고
젊은 세대는 줄어드니 차후가 걱정되는 것이다
젊은이들이여 힘이 들어도 앞날을 보아 결혼하여
자식들 많이 낳아 앞날의 번성을 생각합시다

우리가 살아가는 지상에 모든 생물은 와서 씨를
남기고 가야 하는 우리 내 의무이니 힘이 들어도
후대의 번성을 생각하여 보십시다.

삭풍의 바다

오색단풍에 풍요롭던 가을 지나가고
삭풍이 품속으로 파고드는 소한이
바닷가 오막살이 문풍지 울리는 소리
가난의 시달리는 어부의 가슴 울려주네

으스름달밤에 문풍지 울고
삭풍은 거세게 몰아치고 바닷물 파도소리
가난의 시달리는 어부의 마음 찢어지는 듯
가슴이 아프다,

찬바람의 밀려오는 바닷물은 무엇이
그리도 서러워 말이 없는 바위에 몸부림치나
하해 바다 갈매기 날면 동백꽃 활짝 피고
따스한 봄바람 다시 오고 바다 위에
어부들 노랫소리 들려오면 가난의 시달리는
어부의 얼굴 웃음꽃 피어나리라

애 바위 전설

신남리 어촌에 가난한 어부가
산 중턱에 살면서 고기와 해초로
연명하며 애랑이란 여식을 곱게 길러
어엿한 낭자가 되어 앞바다로 나가
해초를 따서 가정의식생활을 도우며
성장하여 청혼이 오고 가다

마을에 사는 덕배 총각과 혼인을
약속하고 앞바다에 나가 애 바위에서
해초를 뜯다가 갑자기 태풍으로 바다에
익사한 것을 모르는 덕배는 낭자 집에
찾아와 애랑 낭자를 찾으니 마을 사람이
태풍에 바닷물에 빠져 죽었다고 알려준다.

덕배는 애 바위를 향해 목이 터지도록
불으니 바다의 메아리만 들리고 낭자는
오지 아니하고 그 후 바다에선 고기가
안 잡혀 어부들이 애랑 낭자의 넋을
위로하기 위하여 해신당을 짓고 매년
해신을 깎아 제를 올려 해신당이라 함

왔다간다

가고 오는 사계절
봄 여름 가을 겨울 참으로 달갑구나
우리네 인생도 저 사계절같이
가고 오면 좋으련만 가기만 하고
돌아올 줄 모르는 미련한 게 인생이라

어제 청춘으로 세월 따라오다 보니
청춘은 간곳없고 황혼 길만 향하는
인생에 주어진 업보니 세월을 붙잡고
속절없이 따라가는 가련한 인생 여정

세월아 너는 어이 돌고 돌아 너만 오가느냐
우리에 인생도 너와 같이 오가면 좋으련만 가다
돌아올 줄 모르고 황혼만 바라보고 허겁지겁
달려가는 미련한 인생 그래서 세상 올 적에
생로병사 짊어지고 와 되돌아가는 인생 아니냐?

제목 : 왔다간다
시낭송 : 최명자
스마트폰으로 QR 코드를 스캔하면
시낭송을 감상할 수 있습니다.

본심으로 돌아 갑시다

자연의 법칙과 같이 우리도 살아가면 좋으련만
자연의 법칙을 어겨가며 일시적으로
편히 살려고 자연을 훼손하니 자연의
역행을 받아 피해는 더 커지는 것이다

수년간 자연을 훼손하여 살다 보니
생태가 파괴되고 우리에게 역행이 오고 있다
물도 썩어 먹을 물이 귀해지고 희귀병도 생기고
집집이 핵을 안고 살아가는 인간들이다

금전에 매수되어 서열도 없이 도덕이 상실되어
질서도 엉망진창 우리가 무엇을 위해 살아가는지
부정부패만 만연되어 가고 있다 지상의 인간이
동물 중에 고등 동물이 인간인데 그러다 보니

말 못하는 동물도 서열이 있는데 말 못하는
동물보다 질서가 엉망이다
이것을 바로 세우려면 가정교육이 필요한 것 같아
늦지 않았으니 밥상머리 교육부터 시작합시다

그래야 가족과 내 나라가 소중한 것을 알아야
이것이 바로 후손들에게
인간 삶에 본심을
가르쳐 주는 것이 옳지 않은가

잠깐 쉬어 가는 인생

여보시오 번민 내들 이내 말 좀 들어보소
산다는 게 별거 있소 건강하면 제일이지
정신없이 살다 보니 검은 머리 백발 되고
인간 세상 덧없어라 자고 나니 황혼일세.
허무한 인생살이 부귀영화 무엇이냐

이승에 들러 가는 동안 잠깐 쓰는 권세
아귀다툼하다 보니 넘어가는 석양일세.
저승 갈 때 쓸모없는 부귀영화 이승에
잠깐 들러가는 동안 이해하고 양보하며
서로서로 도와 가며 행복이나 누리다가

염라대왕 호출하여 저승사자 보내거든
이승에 왔다가는 대가로 주머니 없는
옷 한 벌 얻어 입고 사랑하던 가족들과
울고 웃으며 작별하고 대문 밖 나와
저승사자 따라가면 이 세상 하직이네.

재래시장

오늘은 장 첨지 생일이라
골목마다 좌판 대 올라앉은 물건은
오가는 행인 주인 되길 기다리니
태양이 내리쪼이는 자판 위에
졸고 있는 물건 이리저리 주무르다

흩트려 놓고 가는 사람과
탁주 한 잔 얼큰하게 하고
냄새 많이 풍기고 가는 사람
석양이 서산마루 걸쳐 앉으니
엿장수 가위 소리 떡장수 떡 사려

소리치니 장안이 떠들썩하며
석양은 기울고 땅거미 찾아드니
장돌뱅이 좌판대 걷어들고 한숨
쉬며 무거운 발길 억지로 떼어
여우 같은 마누라와 토끼 같은

자식이 기다리는 집으로 향하니 대문
앞 바라보며 낭군임 오시길 기다리는
가족들 이것이 인생 여정 오늘 하루도
지나가고 또다시 내일을 설계하네.

제적봉

제적봉 올라가
강 건너 바라보니
인적은 간곳없고
들판은 고요히 침묵하고
강물만 흐른다,

망향 비 제단 앞에
서서 북녘땅 바라보니
하늘을 나는 기러기는
남북을 오가는데
한민족 한 형제가

무슨 원한 그리 많아
수십 년 원한 속에
총부리 마주 대고
무엇을 바라는가?

남북을 오가는
저 기럭아 너는 알리라
제적봉아 하루빨리
손의 손잡고 통일노래
불러보자

차표 없는 인생 열차

세상이 아름답다 하여
부모님의 몸을 빌려 이 세상 탄생하니
차표 없는 인생 열차 타고 미풍 따라
여기저기 둘러보며 모진 비바람 속에
가시덤불 헤쳐 가며 산도 넘고 물도 건너

허겁지겁 오다 되돌아보니 청춘은 간 곳 없이
아마에 주름만 늘고 백발만 무성하여 타고 온
인생 열차 청춘 찾아 되돌아갈 줄 알고 허겁지겁
오다 보니 무정한 고행에 인생 열차 돌아갈 줄
모르니 내릴 수도 없고 가야 하는 인생 열차

황혼의 언덕 걸쳐 앉아 지나온 길
돌아보니 부질없이 걸어온 길 무정하고
허무하나 피할 수 없이 홀로 가는
외로운 나그네 이 세상 왔다 가야만 하는
똑같은 차표 없는 나그네 인생길이다

청산

청산계곡 맑은 물 모여 강을 이루고
강물도 좋아하고 갈산도 좋아하거늘
어찌 푸른 물과 갈산이
어우러져 잠시인들 떨어지랴

하물며 양 근을 품에 안은
갈산이 청산이요 한강이 청수로다
푸른 하늘 맑은 바람 불어오니
청풍의 도취하니 태평성대라

청산에 날아드는 새들도
청산을 지나가는 나그네
청수 한 잔 음미하고 시 한 수
읊고 쉬어간들 어떠하랴

추억의 고향

저 산 넘어 양지바른
산골 초가삼간 동심이 자라던
옛 고향 봄이 오면 앞 뒷산에
백화 만발하던 내 고향

찔레꽃 아카시아 꽃향기
짙어가면 뻐꾹새 울고 계곡물
흐르는 소리에 산새들 지저귀던
추억에 동심이 새삼 아련히 떠오르네.

아름답고 정이 넘치던 그곳에
갑자기 들려오는 총소리 악마의
육이오가 수라장을 만들고
할머니는 열병으로 돌아가시고
홀로 피난하던 그곳 오막살이
피바다로 얼룩지고 비명의 소리
요란하던 그곳이 갑자기 떠오른다.

떠나온 지 6십 년 세월 속에
지금은 비명의 소리 머물고
잡초만 무성하고 인적도 없고
초목과 새들이 살고 있겠지
아련한 추억 속에 남은 것은
한숨과 덧없는 세월 속에
백발만 왕성하고 황혼이 다가오네.

춘삼월

잠자던 만물이 소생하는 춘삼월
꽃피고 잎이 피어 자연의 향기
풍겨오는 춘삼월 살랑대는 봄바람에
만물이 생동(生動)하니 청춘남녀 꽃구경
가자고 봄바람에 나뭇잎 손짓을 하네.

앙상한 나뭇가지 봄바람에 소리치니
산모퉁이 돌아가는 바람은 처녀
젖 몽우리 같은 진달래 꽃망울 간질이는
바람에 활짝 피어 웃음꽃 만발하니 아지랑이
아롱아롱 벌 나비 모여 노래하고 춤을 추니

울긋불긋 꽃이 피고 종달새 지저귀고
뻐꾹새 소리에 아카시아 찔레꽃 향기
곳곳에 만개(滿開)하니 계곡물 흐르고
자연의 소리 산천이 메아리치고 상춘객
모여드니 천하절경은 예뿐인가 하노라

푸른 임 생각

잿빛으로 물든 하늘에
하얀 꽃잎 얼어붙은 대지 위에 내려
어둡던 지천이 하얀 이불 깔아 놓은 듯
은빛으로 장식하니 벌거숭이 나뭇가지
산새들 지저귀고 다람쥐 손뼉 치네

가을바람이 싣고 간 푸른색 그리운 임
달 밝은 밤 깊이든 잠 창문 두드리는
들려오는 소리의 깨어 잠 못 이루고
달빛 비추는 창문 바라보니 바람 소리만
들려오고 달빛 많이 비추어오네

앉았으니 임이 오나 누웠으니 잠이 오나
임도 잠도 아니 오고 앙상한 나뭇가지
찬바람에 울고 가는 저 기럭아 언 땅에
잠이 든 푸른 임에게 봄이 오면 다시 오길
기다린다고 이내 마음 전하여다오

한 많은 아리랑

한 많은 이 세상 박복한 세상
가난의 시달려 나는 못살 건네
삼사월 긴긴날 어린 자식 밥 달라고
울어대는 보릿고개 한 많은 이 세상
후렴
아리랑 알리랑 알라 리 요
아리랑 보릿고개 나를 넘겨주오

세상의 원수는 가난이 원수고
생전의 굶지 않은 것이 원이라
한 많은 보릿고개 언제 넘어가나
박복하던 아리랑 고개 넘어가 보세
후렴
아침의 보리밥 저녁에 나물죽
자식들 죽 한술이라도 더 먹이려고
허리띠 졸라매고 냉수로 배 채우던
어머님 한 많고 박복한 세상살이
후렴
보릿겨에 강낭콩 넣은 보리 개떡
꿀맛 같던 보릿고개 한 많은 세상
보리밥 싸서 지게 뿔에 달아매고
산에 올라가니 시장기가 찾아드네.

후렴

나뭇짐 지고 사립문 앞 들어서니
해는 서산을 넘고 허기진 뱃속에
나물죽 끓는 냄새가 허기를 달래 주네
한 많은 보릿고개 언제 넘어갈까?
후렴

한 강

간밤에 이슬비 내리더니
황금빛 잔디 위에 파란 방석 깔고
민들레 꽃 한 송이 곱게 피어
아침 이슬 맞으며 솟아오르는
태양을 반가이 맞이하네

남한강 푸른 물에 태양이 비추니
송사리 떼 뛰어놀고
강가에 능수버들 늘어진 가지
바람에 하늘하늘 춤을 추고
꾀꼬리 노래 부르니

풀은 강물에 돛단 고기 배 사공도
자연의 절경과 새들의 노랫소리에
흥에 겨워 뱃전을 두드리며 노래 부르니
구성진 노랫소리 길 가던 행인 발길
머물고 넋을 놓고 바라보며 해 지는 줄 모르네

5부

모든 백과 여물어 가는 만추의 계절
저 푸르던 초목의 울긋불긋 물드는 단풍잎
지친 듯이 시들어가고 가을바람은 옷깃을
여미게 하니 슬피 울던 쓰르라미 간 곳 없고

단종의 눈물

하늘도 무심하지
왕위를 찬탈당하고 머나먼
한양에서 첩첩산중 영월 땅
단종의 유배지 청령포가 웬 말이냐?
노산 군으로 강봉(강등) 되어
창덕궁에서 칠일만의 퇴출하여

인적 없이 산짐승만 우글거리는
산속 뒷산은 육욕 봉 절벽이요
앞 강물은 산을 안고 돌아가는
청령포 십칠 세 어린 단종
서인으로 금부도사의 사약을
진어 받고 승하하셨네

승하하신 단종을 품에 안고
흐르는 물은 단종의 눈물이요
불어오는 바람은 금부도사
돌아서서 비통해하는 한숨이라
강 건너 앞산 초목은 매년 푸르건만
승하하신 단종은 아니 오시네

진어 : 사약을 받아먹고 / 유배지: 귀양살이하는 곳
찬탈 : 왕의 자리를 빼앗기고 / 서인 : 서민으로 강등하고
승하 : 죽음

더도 말고 한가위만 되어라

모든 백과 여물어 가는 만추의 계절
저 푸르던 초목의 울긋불긋 물드는 단풍잎
지친 듯이 시들어가고 가을바람은 옷깃을
여미게 하니 슬피 울던 쓰르라미 간 곳 없고

산허리 안고 도는 가을바람에 귀뚜라미 소리
어느덧 한가위가 돌아오니 오가는 사람마다
선물꾸러미 손에 들고 환한 웃음으로 주고 받는
즐거움에 마을마다 웃음꽃 활짝 피우는 한가위

집집이 아낙네들 모여 앉아 둥근 달 바라보며
그립던 얼굴 마주 보며 지난 이야기 하여가며
오복의 송편 만들며 오순도순 이야기꽃 피우는
즐거움 더도 덜도 말고 한가위만 되어라

더불어 아리랑

오천 년 갈고닦은 동방의 나라
하느님이 보호하여 기적 이루니
오대양 육대주가 상상하며 그리워서
만국이 모여오는 대한민국 지상의 낙원

많은 역경 속에 피어난 환생의 나라
암흑 속에 먼동이 터 서광이 비쳐오니
만국이 우러러보는 대망의 환성 소리
만국이 모여오는 대한민국 신선의 나라

동해의 푸른 물은 남해로 흐르니
설악산 상상봉에 무궁화 꽃 만발하고
서해는 넘실넘실 춤추고 노래하니
만국이 모여오는 광명의 나라 대한민국

후렴

아리랑 아리랑 더불어 아리랑
아리랑 고개를 넘어가 보자
가다가 힘들면 쉬어 가더라도
희망이 넘치는 광명의 나라로
더불어 가보자 어서어서 가보자

돌고 도는 사계절

가을이 오니 오색단풍 가을바람에
떨어지고 앙상한 초목에 엄동설한
검은 땅을 흰 이불로 감싸주니
언 땅속 깊은 잠을 자는 초목들
봄바람이 온풍(溫風)으로 흰 이불 걷어내고

따듯한 온기 전해주니 아지랑이
가물가물 산비탈 돌아서며 진달래
꽃망울에 윙크하니 뾰로통하던 꽃망울
활짝 웃는 바람에 뻐꾹새 봄 소식을
전하여 벌 나비 날아와 춤을 추고

종달새 지저귀며 만물이 생동하니
목동들 피리 소리 아낙네들 꽃바구니 옆에
끼고 들로 가니 아카시아 찔레꽃 만발하고
따스한 봄바람에 여름은 흥에 겨워 춤추며
따라와 녹음이 무성(茂盛)한 여름이 찾아왔네.

깊은 산 속 (동요(童謠))

하늬바람 부는
산의 산에 산에는 누가 누가 사나요
울퉁불퉁 언덕배기
나무들이 옹기종기 살고요
양지쪽 언덕에는 잡초들이
아기자기 웃으며 모여 살지요

꽃피고 나비 춤추는
산의 산에 산에는 누가 누가 노나요
아지랑이 아롱아롱
다람쥐 재롱에 산새들 노래하고
풀벌레 즐거워 뛰고 놀면은
태양도 싱글벙글 웃고 놀지요

깊은 산 속 졸졸졸
흐르는 옹달샘 누가 누가 먹나요.
키다리 나무와 노래하는
산새들 뛰고 노는 다람쥐와
우리가 같이 먹고 무럭무럭
자라서 앞날의 큰 기둥 되려 합니다.

뛰고 날아보자

백설이 하얀 들판 차를 타고
장애인 복지관 웃음꽃이 활짝 피었네.
몸은 불편해도 운동하는 즐거운
마음 탁구대에 서서 탁구를 하니
공이 옆으로 튀어가도 즐겁게
웃는 모습 참으로 아름다워라.

뛰어라, 뛰어 즐거운 탁구놀이
괴로운 마음 다 버리고 저 탁구공
튀어 다니듯 몸은 불편해도 마음은
탁구공같이 즐겁기만 하니
더도 말고 덜도 말고 오늘같이
불편함도 잊어버리고 즐겨나 보세

우리 모두 복지관에 모여
즐거운 마음으로 운동하고
건강 찾고 비장애인과
같이 살기 좋은 세상
만들어 아픔도 잊어버리고
뛰고 날아 보자

미미고 카페

대한문인협회 경기지회
병신년 새해를 맞이하는 신년 조례회
시인님들이 모여 각자의 소개와 좌담에
시 한 수 낭송하는 즐거운 모임
참으로 아름다운 시간은 무르익어
정겨운 시간이다

원거리를 마다하고 회장님과 박영애
낭송가님도 오시어 자리를 빛내주시니
시인님들의 즐거운 웃음꽃이 카페의
가득하고 창밖에 가로등도 즐거운 듯
어두운 밤거리를 밝혀주니
자정으로 흘러가는 시간이 야속도 하다

밤 깊은 서울거리 오가는 사람마다
둥지를 찾아가며 내일을 기약하네!

배 밑 꾸미

청명한 오월 바람에 실린 세월
한 자락 타고 바다 연변 들어서니
바닷물 넘실넘실 춤을 추고 갈매기
날며 반가운 듯 날갯짓하는 배 밑 꾸미
당도하니 조각품 여기저기 놓여 있고

너울대는 바다 위로 불어오는 하늬바람
시인 묵객 찌들은 노폐물 쏟아 놓고
청정지역 맑은 공기 가져가라 하며
정자에 앉아 시 한 수 낭송하니 나뭇잎
흥에 겨운 듯 묵언으로 답례하네

푸른 물결 너울대고 은빛 같은 백사장에
시인님들 동심으로 돌아가 경주도 하고
풍선 터트리기 재미나는 놀이 하다 보니
바라보던 바닷물도 즐거워 일렁거리고
맑은 태양도 바닷물에 밀려 서산으로 기우니
백사장과 아쉬운 작별을 하네

백운봉 올라

화창한 봄바람의 만산에
울긋불긋한 꽃에 유혹되어 험한 고개
넘고 넘어 가쁜숨 몰아쉬며 올라가
서 있는 곳을 물으니 백운봉 정상이라 하네!
좌정하여 산하를 바라보니 청정지역 맑은
물은 유유히 흐르고 상쾌한 봄바람이 이마의
흐르는 땀을 씻어 주어 가쁜숨 가다듬고

좌우를 둘러보니 연분홍 진달래가
웃으며 살랑살랑 아양을 떠니 옆에 있는
아지랑이 하는 말이 꽃바람 탐내지 말고
가는 세월 원망 말고 모든 욕심 져버리고
마음을 비워 자연의 순리 따라 하늘을 지붕
삼고 바람 불며 물결치는 대로 떠도는
뜬구름같이 유유자적悠悠自適 하라 하네.

백설의 산 넘어

저 높은 산 넘어 백설로 장식한
정겨운 산골 마을 그리운 내 고향
눈 덮인 산골 초가삼간 나 살던 곳
그곳의 밤이면 소쩍새가 우는가?

오늘도 옛 추억을 상상해보는 그곳
낮이면 산새들 지저귀고 덤불 속
계곡 은빛 같은 얼음 속으로 흐르는
물소리가 지금도 정겹게 들리는지

바람아 광풍아 소식 좀 전해다오
뜬구름아, 물어보자 산 넘어 내 고향
초가삼간 내가 뛰어놀던 마당 지금도
개구쟁이들 뛰어놀고 있는지 눈에 어린다.

북한강에 원앙선 타고

화창한 봄바람에 두물머리
북한강 연변 벚꽃이 활짝 피어 너울너울
손짓하고 푸른 물결 일렁이며 수양버들 흥에
겨워 춤을 추니 아지랑이 아롱아롱 뻐꾹새는
춘삼월 꽃구경 오라고 상춘객賞春客 부르고

청정지역 맑은 물에 송사리
잉어 떼 뛰어노는 물 위로 지나가는 춘풍도
아름다운 절경의 쉬어 갈 듯 망설이니 물 위에
풍겨오는 봄 냄새가 오가는 상춘객 발걸음
머물게 하니 산새도 즐거워 노래하는 강 연변에

꽃피고 나뭇잎 너울대는
수양버들 사이로 황금 같은 꾀꼬리 날아드는
천하절경 물 위에 원앙선 띄워 가는 세월 잡아
뱃전에 걸고 정든 임과 춘풍을 벗 삼아 노닐다
강이 변하여 태산이 될지라도 이대로 영원하리라

삶의 행로

하루의 일상을 접어놓고 보금자리
찾아가 기다리던 가족과 밥상머리의
둘러앉아 미래를 설계하는 보금자리
내일을 위하여 아름다운 꿈을 꾸는 궁전
암흑 속에 먼동이 터 새벽이 밝아 오니

고요한 적막을 깨우는 닭 울음소리
안개 자욱한 거리 출근길에 개 짖는 소리
물속에서 개흙을 뚫고 솟아난 푸른 잎
사이로 푸른 줄기에 아름답고 희망을
주는 연분홍 꽃향기를 전해주는 연꽃

전설의 인당수 푸른 물에 몸을 던진 효녀 심청
연꽃을 타고 부활하여 앞 못 보는 부친의
눈을 뜨게 한 효녀 심청같이 인내와
정성으로 열심히 노력하면 천심 만고
끝에 노력의 대가를 얻을 수 있으리

선무당 장구 탓한다

선무당 장구 탓하며
연불은 하지 않고 잿밥에만
눈 어두워 우왕좌왕하지 마소
미꾸라지 용의 탈 쓴다고 용이 되나요?

개구리 올챙이 적 생각 못 하는
어리석은 생각 좀 하지 말고
오늘 생각만 하지 말고 내일을 위해
진실 된 마음으로 더불어 살아갑시다

콩은 콩이지 팥이 콩 안 되지요
분에 넘치는 생각하지 말고
진실한 마음으로 맡은 의무 다하며
국민이 믿는 아름다운 사회 만듭시다!

사공이 많으면 배가 산으로 간다지요
집안 싸움하는 집치고 잘되는 집 있는가
지도자 말에 순종하면 목적을 달성하지만
각자 고집대로 하면 패가망신 하니라.

성공과 실패

강풍이 겨울을 망각하듯
몰아쳐도 잎이 피고 꽃피는 춘삼월
얼었던 계곡물 흐르는 소리가
산천이 메아리치고 산새들 노래하며
개구리 소리의 아지랑이 가물가물

강풍이 아무리 심한들 앙상한
나뭇가지와 풀잎에 피는 꽃을
어이하랴 실수는 있어도 실패는 없다
우리가 마음먹은 계획을 중단하면
아니함만 못하니 끝을 향해 매진하라

우리네 가는 여정 오던 길 다시 돌아갈 수
없고 아무리 칠흑 같은 밤도 때가 되면 동이
트듯 마음먹고 계획한 일은 끝을 보아야 하고
칼을 뽑았으면 호박이라도 잘아야 한다
이것이 우리의 성공에 비결이다

조령 고개

선비들이 풍운에 꿈을 안고
괴나리봇짐 지고 과거 보러 한양 천리
나서니 험준한 계곡 따라 조령고개
넘으려 하니 해는 서산에 기울고
어두운 산중에 저녁연기 피어오르는
주막에 들어서니 땅거미 찾아드네

고요한 깊은 산중 천년고찰
노승의 목탁소리 내 마음 심란케 하고
두견새 울음소리 떠나온 집 생각에
뜬눈으로 지새우고 주막집 나서
구름도 자고 가는 가파른 조령고개
당도하니 바람도 숨이 차 허덕이고

조령고개 내리막길 산허리 돌아서니
청풍명월 바라보며 청풍호 당도하니
호수에 물 아래 하늘이요 하늘 가운데
명월이라 동자야 저 잠긴 달 건져라
이 밤이 다 가도록 원앙선 타고
동이 트면 한양 천리 달려가세

가난한 살림살이 아낙네 머리 잘라
지필묵 챙기어 낭군님 한양 천리
보내고 밤이면 냉수에 목욕재계 청한수(淸寒水)
차려놓고 두 손 모아 빌고 빌어 급제한
낭군님 나귀 타고 조령고개 당하니 산새도
노래하고 초목도 고개 숙여 인사하니
아낙네 춤을 추고 온 동네 경사가 났네

지상 낙원

저 푸른 하늘 아래 초목이 우거진
깊은 계곡 흐르는 물소리는
근심 걱정 다 버리고 흐르는 물과
바람같이 자연을 벗 삼아 발길
닿는 대로 마음 비우고 살다 가라 하네

먼동이 터 밝아오는 태양도
바람 따라 흘러 허공을 떠돌다
서산을 넘어가는데 우리네 인생도
자연의 현상 따라 흘러가도 되련만
삼라만상의 피조물로 허욕 없이
살다 가도 되련만 부질없는
허욕으로 세상 살다 가려 하는가

아등바등 살아보아야 우리네 인생 많이 살아야
백 년인데 잠자는 날 병든 날 다 제하면
단 오십도 못사는 인생 허겁지겁 살려 하는가

부족하면 부족한 데로 서로 돕고 살면
되련마는 과한 욕심에 아귀다툼하여가며
짧은 인생 얼굴 붉히며 마음 졸이며 살지 말고
서로 말 양보와 배려로 살다 갑시다
그것이 천국이요 지상 낙원이로다

청정 공기

우리 인생이 산다는 게 무엇이야
맑은 공기 한번 들이마시고
다시 토해내는 것이 삶이요

육신을 움직이는 것이 인생살이다
이것을 멈추면 죽었다 하는 것이
우리의 주어진 생명이라 한다

그런 맑은 공기를 오염 식혀 먹으니
숨 쉬는 동안 병들어 기동이 불편하여
헤매다가 못 참고 육신을 뜯어고치려고

지상 사자에게 맡기여 멀쩡하던 육신을
찢어서 누더기로 만들다 들이마신 공기
내뱉지 못하니 이 세상 하직 죽었다 하며

누구나 육신은 불가마에 태워 지하에 묻고
영혼은 오던 곳으로 돌아가야 하는 이것이
인생 여정 주어진 삶의 무이다

초가삼간

맑은 하늘 뭉게구름 두둥실
떠가는 저 산 넘어 나지막한
산기슭에 양지바르고 정겨운
마을 산새 소리 들리며
솔 냄새 풍기는 언덕배기
초가삼간 흐르는 시냇물에
나물 캐어 밥을 짓고

밤이면 앞마당의 멍석 깔고
모깃불 피워 놓고 오순도순
이야기꽃 피우고 낮이면
아지랑이 가물가물 뻐꾹새
울고 꽃피고 종달새 지저귀는
소리 들려오는 언덕배기
초가삼간 떠날 수 없어

여름이면 매미 소리 물소리가
메아리치는 언덕배기 초가삼간
울타리 호박꽃 벌들이 역사하고
풀벌레 소리 들으며 호박 따서
토기 화로 오지 뚝배기 풋고추에
된장찌개 보글보글 끓은 냄새의
깊은 정만 들러 가네

초록 치마 입고

입추가 지나가니 초록 치마 입고
옥비녀 머리에 꽂고 가을 마중 나와
푸른 하늘에 넓은 들 바라보며
가을바람에 향기 전하니 들국화
바스스 웃으며 가을 노래하니

계곡물 흐르며 오색단풍 바람에 나는
만추가 다가오면 너의 향기 간곳없고
귀뚜라미 울음소리 만추도 지나가고
산 넘어 잠자던 겨울이 곳곳에 백설로
장식하면 너 또한 깊은 겨울잠에 들리라

들판에 허수아비 황금벌판 바라보며
참새떼 모는 소리 오색단풍 나르니
메뚜기 벗겨진 이마에 베적삼이
찬바람 많이 몰아치니 넘어가는 석양이
옥잠화와 메뚜기도 이 세상 끝이라 하네

춘풍에 꽃비가 오네.

화창한 춘삼월 화려한 절경(絕景)에
울긋불긋 춘풍에 꽃비가 내리는
곳곳에 상춘객 인산인해 이루며

만산 화풍에 넓은 고속도로
상춘객 실은 차 꽃비에
취하여 오락가락 방황하고

상춘객은 가는 봄이 안타까워
꽃비에 잠긴 세월 부여잡고 가지 말라
애걸하며 매달려도 속절없는 세월은

못 들은 척 흘러가고 종달새 소리가
돌고 도는 세월이니 춘풍에 꽃비가 온
뒤 성장하는 만물에서 결실을 보리라

콩이 팥 되나

매정하고 냉정한 한파도
자기 자리 내어주기 싫어
온갖 짓을 다 해가며
내어주지 않으려 하다

때가 되면 버티어 보았자
득 될 일이 없다는 것을 알고
계절은 스스로 물러서는데
인간은 욕심의 패가망신하면서

안면 몰수하고 이름만 갈고
감투나 쓰면 된다는 어리석은 수작
콩은 콩이고 팥은 팥이지 팥이 콩 안 되니
진실한 마음으로 국민의 일꾼이 되어 봅시다

우리 기만하지 말고
진실한 마음과 서로 믿는 올바른
양심을 가지고 콩을 팥이라 해도
믿을 수 있는 사회를 만들어 봅시다

풍류(風流)

사방천 제2시집

초판 1쇄 : 2016년 10월 28일
지 은 이 : 사방천
펴 낸 이 : 김락호
디자인 편집 : 이은희
기 획 : 시사랑음악사랑
인 쇄 : 청룡
연 락 처 : 1899-1341
홈페이지 주소 : www.poemmusic.net
E-Mail : poemarts@hanmail.net

정가 : 10,000원

ISBN : 979-11-86373-50-7